AF236022

Peter Kehrbusch

Unheimliches für die Kohte

© 2021 Peter Kehrbusch
Herausgeber: Weinbacher Wandervogel
Herstellung und Verlag:
BoD – Books on Demand, Norderstedt
ISBN: 9 783754 315491

Der Morgenspaziergang

Die anderen schliefen noch. Dabei schien die Sonne schon mit Kraft durch die Äste. Wir hatten unsere Kohte gut versteckt zwischen den Bäumen aufgeschlagen. Nur ein feiner Rauchgeruch aus der Asche des Kohtenfeuers zeugte von unserer Anwesenheit. Wir hatten uns Albanien als Fahrtenziel herausgesucht; genaugenommen die Albanischen Alpen. Am Vortag waren wir bereits losgelaufen und hatten gegen Abend die kleine, flache Stelle entdeckt, wo wir die Kohte aufstellten.

Meine Blase drückte, und so nutzte ich die Gelegenheit zu einem kleinen Spaziergang nur für mich. In die Wanderstiefel wollte ich meine schon geschundenen Füße nicht stecken. Also lief ich barfuß über pieksige Tannennadeln. Ungelenk eierte ich über spitze Steine und freute mich dann über weichen Boden unter den Füßen. Ich trat aus dem kleinen Wäldchen hernaus und lief ein Stück weit an schroffen Felsen entlang. Dort hatte ich noch am Vorabend eine gewaltige Geröllhalde gesehen. Mit riesigen Felsblöcken, die wild übereinander lagen. Die wollte ich mir genauer anschauen und vielleicht ein bisschen darauf herumklettern. Das kam mir dann unterwegs ziemlich blöd vor, denn da war bestimmt alles voller scharfer, kantiger Steine. Und ich war barfuß.

Aber welch eine Überraschung! Hier lag eine sanfte Wiese, frisch gemäht, dahinter ein uriger Bauernhof, großenteils aus wettergegerbtem Holz und Grundmauern aus grauem Stein. Merkwürdig, auf der Karte hatte ich keine eingezeichneten Gebäude gesehen und die Karte machte sonst einen guten Eindruck. Sie schien auch recht aktuell zu sein.

Aus einem Schornstein quälte sich gerade blauer Qualm, wahrscheinlich heizte gerade jemand einen holzbetriebenen Küchenofen an. Stromleitungen sah ich keine. Vor dem Hof stand ein ziemlich abgenutzter, kleiner, rotweißer Traktor. Ihm war eins der großen Hinterräder abgenommen worden. Soweit ich auf die Entfernung sehen konnte, war an der Achse dahinter auch etwas zerlegt. Zumindest hingen ölverschmierte Lappen herum. Wer weiß, vielleicht hatte der Bauer gerade die Reparatur unterbrochen um sich einen Kaffee zu kochen?

Etwas neben dem Traktor stand ein Wagen oder Anhänger mit riesigen Gummirädern und einer schmutzigen Holzpritsche. Und ein Heuschwader. Das ist so ein Ding mit großen Zinken, mit dem man Heu zusammenrechen kann. Leute waren erstmal nicht zu sehen.

Um das Gebäude herum liefen vereinzelt braune und weiße Hühner herum. Das gefiel mir aus einem bestimmten Grund. Denn wer Hühner hat, hat bestimmt auch Eier! Vielleicht konnte ich dort welche bekommen. Die anderen würden Augen machen! Frische Eier zum Brunch, sozusagen. Geld hatte ich dabei. Vielleicht hatte der Bauer ja auch noch andere Sachen. So Milch und Käse. Oder Wurst und Käse. Oder Fleisch! Oder sogar Kaninchen! So eins könnten wir dann ganz zünftig am Spieß braten. Ich glaube ich hatte Hunger.

Aber nach Eiern sollte ich fragen. Was hieß eigentlich Ei auf Albanisch? Auf Italienisch wusste ich das bereits. Aber erst seit einem recht peinlichen Auftritt in einem italienischen Dorfladen, wo ich zur Freude des nur italienisch sprechenden Ladenbesitzers ein gackerndes Huhn nachmachte. Sicher wusste er schon lange vorher, dass ich Eier wollte, ließ sich aber den Spaß nicht entgehen. Uovo, heißt es übrigens. Man lernt nie aus.

Jedenfalls könnten wir dort unsere Vorräte nochmal aufstocken, bevor es noch weiter ins Gebirge ging. Völlig entspannt lief ich über die Wiese. Das Gras lag hier in langen Schwaden zum Trocknen. Vor mir sprangen Heerscharen von Heuhüpfern in alle Richtungen davon. Es duftete herrlich nach frischem Heu. Wann mäht man Heu? Gar nicht. Man mäht Gras. Das ist dann Heu. Beliebte Scherzfrage meines Erdkundelehrers. Was einem doch manchmal für Sachen durch den Kopf gehen!

Aus Richtung Tal wehte ein ganz sanfter Wind. Die Felswand, die sich hinter dem kleinen Hof erhob, blendete fast im Sonnenlicht. Was für ein schöner Ort.

Dann hörte ich jemanden singen. Eine einfache, aber

schöne Melodie mit Versen einer fremden Sprache, die ich nicht verstand. Vermutlich Albanisch. Ich war sofort hin und weg. Das könnte ein Lied sein, dass wir mit nach Hause nehmen konnten. Oft findet man Lieder von Einheimischen, aber die Melodie ist nicht besonders eingängig. Oder nicht für mitteleuropäische Ohren gemacht. Aber diese Melodie war schön.

Ich hatte tatsächlich mein Smartphone in der Beintasche und wollte davon eine Aufnahme machen. Doch dann war alles still. Ich beschloss mich auf die Suche nach der Sängerin zu machen. Bereits nach wenigen Schritten fand ich sie. Im Schatten eines großen Felsblocks, am Rand der Wiese, saß sie auf einer Decke. Vor ihr lagen gepflückte Blumen. Aus ihnen flocht sie gerade einen Kranz.

Das war ein junges Mädel, vielleicht fünfzehn oder sechzehn Jahre alt. Nicht genau meine Altersklasse. Aber ein netter Plausch war sicher möglich. Vielleicht durfte ich ja ein Bild von ihr machen oder vor allem das Lied aufnehmen. Was mich aber wirklich überraschte, war ihre Tracht. Sie hatte ein wirklich üppig, fast schon kitschig überladen verziertes Gewand an. Mit einer zugehörigen, hohen Mütze mit feinen Stickereien und Bändern. Das hatte sicher mit einem hohen Fest zu tun. Sie beachtete mich nicht. In ihre Arbeit vertieft, fing sie wieder an zu singen. Das gleiche Lied, diese schöne Melodie und die Worte, die ich nicht verstand. Da plötzlich hörte sie auf zu singen und sah mich mit großen Augen an. Aber sie sagte nichts. Alles war still. Nicht einmal das Zirpen der Grillen war zu hören. Dann sah sie weg und begann wieder zu flechten.

Es war auch nicht mehr still. Die Grillen zirpten und sie begann zu singen. Das gleiche Lied. Und an der gleichen Stelle wie zuvor stockte sie und sah mich wieder mit großen Augen an. Ich deutete ihr doch weiter zu singen, doch sie schüttelte den Kopf. Wieder widmete sie sich dem Flechten. Ich war völlig irritiert. Ich wollte ja auch nicht unhöflich sein. Leise räusperte ich mich, um mich bemerkbar zu machen. Da sah sie mich wieder mit großen Augen an. Aber diesmal wedelte sie wild mit den Armen. Sie wollte eindeutig, dass ich verschwinde. Wieder war alles still. Kein Lüftchen regte sich. Keine Grille zirpte, kein Vogel zwitscherte, keine Biene summte. Das Mädel saß plötzlich steif aufgerichtet da und atmete heftig keuchend.

Dann auf einen Schlag war sie wieder wie gelöst und flocht weiter, als ob nichts geschehen wäre. Sie sang ihr Lied, es wehte wieder ein leichter Wind, die Grillen zirpten und auch sonst zwitscherte und brummte alles, was in der Nähe war. Ich war so verwirrt, dass ich eine kurze Zeit regungslos stehen blieb. Ich wusste wirklich einen Moment lang nicht, was tun sollte. Völlig unbeeindruckt flocht und sang das Mädel vor sich hin und beachtete mich gar nicht. Ich gab mir einen Ruck und wollte mich zum Gehen wenden, da war die unheimliche Stille wieder da.

Jetzt sprang das Mädel auf. Der halbfertige Blumenkranz flog zu Boden. Sie schrie mich aus Leibeskräften an. Keine Worte, nur ein durchdringender, gellender Schrei. Beschwichtigend hob ich die Hände. Sie stieß mit ihren Händen gegen meine Brust. In dem Moment ging ein Stoß durch den Boden unter mir und ein Getöse, wie ich es nicht beschreiben kann, brach über mich herein. Ich wurde einfach weggefegt. Dann war alles schwarz.

Ich wusste, dass ich noch lebe, denn ich bekam mit, dass alles schwarz war. Mein Kopf dröhnte. Ich sah wieder, aber alles nur verschwommen und merkwürdig doppelt.

Irgendjemand rief meinen Namen. Mehrere riefen meinen Namen. Ich wollte antworten. Doch aus meinem Mund kam nur ein Krächzen. Mit dem zweiten Versuch gelang mir ein: „Hier bin ich! Hier!"

Dann eilten schon meine aufgebrachten Kameraden auf mich zu. Alle redeten auf mich ein. Was passiert wäre, ich sei einfach verschwunden, sie hätten sich große Sorgen gemacht, seit Stunden würden sie nach mir suchen und fragten, ob ich in Ordnung sei. Ich wollte aufstehen fiel aber direkt vornüber. Weil mir so schlecht war, wollte ich mich übergeben. Aber es ging nicht. Ich sah mich benommen um. Die Schutthalde, die vorher noch nicht da war, war mit Moos bedeckt und am Rand wuchsen schon Bäume durch die Steine. Das Geröll lag doch sicher schon seit vielen Jahren herum.

Mit viel Trara wurde ich zurück zur Kohte gebracht. Offensichtlich war ich ja schwer gestürzt. Auf den Kopf Ich wusste nicht was ich sagen sollte und sagte erst mal gar nichts. Mein Smartphone war übrigens völlig zerdrückt und das Glas zersplittert. Es tat keinen Mucks mehr. Wegen meinem „Sturz" blieben wir noch die nächste Nacht.

Am Morgen darauf brachen wir endlich ins Gebirge auf. Den alten Felssturz überquerten wir auf einem Trampelpfad ziemlich weit oben. Ich glaubte im Schutt eine verrostete Traktorfelge zu entdecken, beeilte mich dann aber, um den Anschluss an die anderen nicht zu verlieren.

Zwei Tage später erreichten wir ein Dorf. Ein etwas älterer Mann sprach ein paar Brocken deutsch. Nach etlichen Gläsern Alkohol erzählte er uns auch von einem ganz schlimmen Felssturz ganz in der Nähe. Vor gut 50 Jahren sei das gewesen. Ein Hof mit Mann und Maus sei damals verschüttet worden. In der Gegend erzähle man sich, dass es dort spuke.

Das Blutbuch

Mein junger Freund, ich möchte Dich warnen! Begehe nicht denselben Fehler wie ich. Sei stark, ich war zu schwach. Ich weiß, dass das Buch bei Dir ist. Das überrascht mich nicht. Doch sieh Dich vor! Nicht du hast das Buch. Das Buch hat Dich. Öffne es nicht! Lies es nicht! Benutze es nicht!

Ich legte den Brief zur Seite. Das Buch? Ja, es hatte mich fasziniert. Aber ich besaß es nicht. Oder doch? Ich hatte zwar das schier unbändige Verlangen, es mitzunehmen. Aber ich konnte das doch nicht einfach so tun. Ich bin doch kein Dieb! Nervös geworden stand ich auf. Bei der Tür hing meine Jacke. Ich schluckte. In meiner Jackentasche steckte das Buch. Wie kam es da hinein? Ich war mir sicher, dass ich es nicht mitgenommen hatte.

Irgendwie abwesend nahm ich es in die Hand und betrachtete es. Dabei lief ich zurück zum Schreibtisch, wo ich gerade begonnen hatte den Brief zu lesen. Was für ein seltsames Buch. Es war recht klein, wie ein Taschenbuch, doch es schien uralt zu sein. Es war in dickem, wulstigem Kalbsleder eingebunden. Auf der Vorderseite war das Leder mit einem kreisförmigen Ornament punziert. In der Mitte des Kreises war eine kleine Delle, gerade so groß, dass eine Daumenkuppe hineinpasste. Natürlich schlug ich das Buch auf. Die groben, dicken Seiten aus Pergament ließen sich nicht einfach durchblättern. Doch jede Seite, die ich zufällig mal aufschlug, war leer. Ein Buch mit leeren Seiten? Irgendwie wurde mir mulmig. Ein seltsamer Brief und ein seltsames Buch. Da stimmte doch gehörig was nicht. Ich legte das Buch zur Seite. Zögerlich griff ich wieder zum Brief. Es war ein dicker Brief.

Mein junger Freund, blablabla, öffne es nicht!
Na toll. Das hatte ich ja prima hingekriegt. Ich las weiter.

Deine Neugier wird Dich wahrscheinlich verleiten. Dann ist es noch nicht zu spät! Dann musst Du widerstehen!
Bist du nicht eingeweiht, so hat das Buch nur leere Seiten, doch öffnest du es richtig, so offenbart es Dir seine Geheimnisse. Das Buch will, dass Du es öffnest. Bevor es Dir wehtut, erzähle ich Dir davon. Aber ich warne Dich! Du begibst Dich in große Gefahr! Das Buch ist das Blutbuch! Lange habe ich daran geforscht, um herauszufinden, wo es herkommt und wer es geschrieben hat. Ich fand nicht sehr viel darüber. Es sei vor tausend Jahren in einem Kloster geschrieben worden. Dann gehen die Geschichten schon auseinander. Der einen Geschichte nach hat es ein Mönch in einer einzigen Nacht

mit seinem eigenen Blut geschrieben. Angeblich, um einen Dämon aus alten Zeiten zu beschwören oder ihn zu verjagen. So sicher bin ich mir in der Übersetzung des lateinischen Textes nicht. Jedenfalls habe er das Buch zurückgelassen und sei als Bettelmönch weggezogen. Der anderen Geschichte nach hatte der erste Abt des Klosters ein heidnisches Heiligtum niedergerissen und darauf das Kloster errichtet. Das Kloster wuchs und gedieh, der Abt wurde immer reicher und mächtiger. Er habe jeden Abend allein mit diesem Buch in seiner eigenen kleinen Kapelle gebetet. Eines Morgens habe man ihn dort bleich und blutleer gefunden, das Buch in seiner Hand, doch die Seiten waren leer. Dann sei das Buch immer wieder für Jahre verschwunden gewesen. Einmal sei ein Mönch, weil der das Buch gestohlen hatte, sogar auf dem Scheiterhaufen verbrannt worden. Er sei mit dem Teufel im Bunde gewesen. Die Taschen habe er voller Gold gehabt.

Das richtig Interessante, was ich noch herausfinden konnte, ist die Sage vom Blutstein. Zwei oder drei vielleicht heidnische Heiligtümer nahe dem Kloster tragen solche Namen. Vermutlich wurde die Klosterkirche auf so einem Heiligtum erbaut. Das war eine übliche Praxis, während der Christianisierung. Angeblich fanden dort sogar Menschenopfer statt, bei denen das Blut des Opfers über den Stein floss. Aus eigener Erfahrung kann ich Dir noch Weiteres berichten. Das Buch will Blut. Dein Blut. Lässt du es zu lange warten, dann tut es Dir weh. Und glaube mir, das ist kein Spaß. Diese Erfahrung musst Du nicht machen. Ein Tropfen genügt. Gib ihm was es will. Im Buchrücken steckt dazu eine kleine, schwarze Klinge.

Der Alte spinnt doch. Blutbuch? So etwas hatte ich ja noch nie gehört. Ich legte den Brief zur Seite, nahm das Buch noch einmal in die Hand und klappte es auf. Die Seiten waren immer noch leer. Aber so konnte ich in den Buchrücken hineinsehen. Und tatsächlich, darin steckte eine kleine Klinge. War an der Geschichte doch etwas dran? Aufgeregt widmete ich mich wieder dem Brief.

Stich Dir in den Finger und drücke ihn dann in das Ornament auf der Vorderseite. Das Buch saugt das Blut auf und augenblicklich erscheint in dem Buch die Schrift. Es hat die Kapitel „Reichtum", „Stärke" und „Macht". Du wirst verstehen, was darinsteht. Es sind uralte Blutzauber. Mit dem Geldzauber kannst Dein Geld vermehren. Mit einem der Machtzauber kannst Du andere Leute dazu bringen, dass sie das tun, was Du willst. Dazu muss es Dir am Ende nur gelingen, zwischen Sonnenaufgang und Sonnenuntergang die Person dreimal zu umschreiten. So kannst du auch jemandem schaden. Je mehr Blut Du gibst, umso stärker ist der Zauber. Aber sieh Dich vor! Das Buch macht süchtig und es selbst ist gierig. Dein Blut ist Leben, und das will es. Es braucht das Blut. Es will nicht hungern. Auch wenn es Dich verführt hat, ist es noch nicht zu spät. Werde es los, so schnell Du kannst. Überlasse es einem Anderen. Denn das Buch nimmt nicht nur Dein Blut, es nimmt auch Dein Herz.

Mir hat es das Herz genommen, die Liebe; die Leidenschaft, die Lust am Leben. Heute Nacht wird es seinen Dienst versagen, ich fühle es. Das, was in meiner Brust schlägt, ist kein Herz mehr. Ob jung, ob alt, ob Mann, ob Frau, alle waren mir verfallen. Alle taten was ich wollte. Ich musste es mir nur wünschen. Meine Feinde habe ich in den Tod gestürzt. Aber wahre Freundschaft oder Liebe fand ich nicht mehr. Nimm also, was du kriegst, liebe und lebe, gründe eine Familie, baue ein Haus, aber gib niemals dein Herz!

Paff! Das war starker Tobak. Was für eine Schmalzdusche. Aber war das wirklich eine Warnung? Eine Warnung vor etwas, das es eigentlich nicht geben konnte? Ich faltete den Brief zusammen und steckte ihn wieder in den Umschlag, Ich öffnete das Fenster und atmete frische Luft. Irgendwo in der Nachbarschaft war jemand am Kochen, denn es roch nach angebratenen Zwiebeln. Ich sah auf meine Hände. Ich hatte das Buch in der Hand. Aber ich hatte es doch gar nicht mitgenommen. Jedenfalls nicht bewusst. Jetzt wollte ich es wissen. Ich hielt das Buch aus dem Fenster. Doch in dem Moment, als ich es losließ, kam ein unglaublich kräftiger Windstoß und wehte es zurück in mein Zimmer. Ich war erschrocken und bekam eine höllische Angst. Um das Buch am Boden machte ich erst einmal einen Bogen und ging aus dem Zimmer. Doch bereits wenige Minuten später stand ich wieder mitten im Raum und wusste nicht mehr, was ich tun wollte. Ich sah auf das Buch. Jetzt verstand ich es: Das Buch war durstig. Und es ließ mir keine Wahl. Ich wollte mir jetzt aber nicht in den Finger stechen oder so etwas. Also wollte ich wieder heraus aus dem Zimmer, drehte mich um und stieß mit meinem Gesicht heftig an die Kante der noch offenen Tür. Mit schmerzverzerrtem Gesicht griff ich mir an den Mund. Das Zahnfleisch blutete ein wenig, an meinem Finger klebte ein bisschen davon. Das meinte der Alte also mit wehtun. Nun, wenn dem so war, dann sollte es eben haben, was es wollte. Deshalb versuchte ich so gut es ging etwas von dem spärlichen Blut aus dem Mund auf den Finger zu bekommen. Dann drückte ich ihn mit dem blutigen Speichel in das Ornament auf dem Buch. Das Blut war sogleich verschwunden. Ich war fasziniert. Neugierig öffnete ich das Buch. Mit schönen Buchstaben in roter Schrift waren ein paar Seiten beschrieben. Drei Kapitel waren es. Sollte ich es wirklich ausprobieren? Warum nicht, denn wer weiß, wie lange die Schrift sichtbar bleiben würde. Also schlug ich das Kapitel „Reichtum" auf. Nur eine Seite war hier beschrieben, die anderen waren immer noch weiß. Hastig las ich, was da stand. Ich sollte Geld auf den Boden legen und eine bestimmte Zauberformel sprechen. Gesagt, getan. In meinem Geldbeutel hatte ich nur noch einen Zwanziger und ein paar Münzen. Geht der Zauber eigentlich auch mit einer Bankkarte? Dann musste ich noch dreimal um das Geld schreiten. Auch das tat ich. Doch es passierte nichts.

Zunächst nichts.

Am nächsten Morgen fing es an. Ich war kaum aus dem Haus, da lag ein Fünfer auf der Straße. Ich sah mich um, aber sonst war keiner da. Ich dachte noch, dass jemand das Geld verloren haben musste und steckte es in meine Hosentasche. Dann lagen ein paar Münzen vor mir. Mittags war ich einkaufen. Ich zahlte bar. Die Verkäuferin gab mir mehr Wechselgeld zurück, als ich überhaupt Geld hingegeben hatte. Selbstverständlich machte ich sie darauf aufmerksam. Doch sie bestand darauf, dass alles so in Ordnung sei. Am Abend schließlich hatte sich mein Geld vom Vortag mehr als verdoppelt. Dabei hatte ich sogar einiges davon ausgegeben. Wenn so wenig Blut so viel bewirken konnte, was würde dann ein großer Tropfen bewirken? Vielleicht wollte mich das Buch aber auch nur anfixen?

Noch an diesem Abend erfuhr ich, dass der Alte gestorben war. So gut kannte ich ihn nicht, aber zwei Tage zuvor war ich noch bei ihm zu Besuch gewesen. Das traf mich dann doch. Ich saß lange auf meinem Bett und hing schweren Gedanken nach. Ich wollte nicht glauben, dass das alles stimmte.

Irgendwann trat ich ans Fenster. Den Brief wollte ich noch einmal lesen, vor allem die Warnung. Genau in dem Moment, als ich den Umschlag öffnen wollte, fing der Brief samt Umschlag lichterloh an zu brennen. Vor Schreck ließ ihn fallen und trat das Feuer aus. Schnell öffnete ich das Fenster, um den Brandgeruch loszuwerden. Der Brief war arg mitgenommen aber noch lesbar. Asche entdeckte ich seltsamerweise keine. Es roch auch nicht mehr. Da steckte bestimmt das Buch dahinter. Doch so einfach sollte es seine Spuren nicht verwischen können. Schnell holte ich mein Handy und machte ein paar Bilder vom Brieftext, die ich wild an Freunde und Bekannte aus dem Adressverzeichnis schickte. Nicht nur per E-Mail, auch über Messenger-Dienste. Irgendwo würden die Bilder gespeichert bleiben, selbst wenn mein Handy sich in Luft auflösen sollte. Die erste Rückmeldung kam von einem guten Freund, der zurückschrieb, ich solle ihm nicht so einen Blödsinn schicken und er habe die Bilder gelöscht. Sonst antwortete niemand.

Und dann zog mich das Buch wieder in seinen Bann. Ich schlug es auf und gegen meinen Willen wanderte meine Hand zum Buchrücken. Ich konnte nichts dagegen tun. So sehr ich mich auch sträubte. Meine Finger glitten in die Klinge im Buchrücken. Es tat ziemlich weh und blutete heftig. Ich wehrte mich nicht mehr, als meine Finger auf das Ornament glitten. Das Buch saugte und schlürfte das Blut einfach weg. Ich glaubte sogar ein Schmatzen zu hören. Es saugte und saugte und hörte überhaupt nicht mehr auf. Da nahm ich all meine Kraft zusammen und riss meine Hand vom Buch weg. Es fiel auf den Boden und klappte direkt wieder bei „Reichtum" auf. Ich sah auf meine Hand. Die Schnittwunde war verschwunden, als ob nie etwas passiert wäre. Erst wollte ich nichts mehr mit dem Buch zu tun haben, doch dann besann ich mich. Passiert war passiert. Jetzt konnte ich ebenso gut meinen Lohn empfangen. Zittrig griff ich nach dem Buch. Wieder sollte ich dreimal um Geld schreiten, diesmal aber einen anderen Spruch aufsagen. Jetzt wollte ich aber etwas Wissen. Ich wollte es ihm nicht einfach machen. Also legte ich nicht nur Geld auf den Boden, um es zu umschreiten, sondern legte auch einen Kugelschreiber dazu. Dann begab ich mich ins Bett zum Schlafen. Ich war mir sicher, dass ich dem Buch jetzt verfallen war. Aber ich war auch neugierig, was nun geschehen würde.

Direkt am nächsten Morgen lag ein Paket vor der Tür. Es war voller Kugelschreiber. Noch vor dem Frühstück rief ich die Hotline auf dem Lieferschein an. Die freundliche Dame erklärte mir, dass das Paket wohl an die falsche Adresse geliefert wurde und ob es mir etwas ausmachen würde die Kugelschreiber zu behalten. Die Rücksendung wäre einfach zu teuer. In Ordnung, damit habe ich das Buch also nicht überlisten können.

Dann wollte ich es eben anders versuchen, den Zauber zu brechen. Ich mied alles, bei dem ich irgendwie an Geld hätte kommen können. Bei jedem Schritt, den ich zurücklegen musste, achtete ich nur auf mein Fortkommen, schaute nicht auf den Boden und ging jedem Geschäft aus dem Weg. Am Abend war immer noch kein Geld da. Ich triumphierte innerlich. Ich war doch stark. Stärker als das Buch? Auch der nächste Tag war für mich sozusagen ein Eiertanz. Dem Buch ließ ich keine Gelegenheit den Zauber zu vollenden. Dachte ich. Dann kam die Beerdigung des Alten.

Die Trauerfeier sollte vormittags stattfinden. Ich zog mir das dunkelste an, was ich hatte. Und ich hatte einen Plan. Ich wollte das Buch mitnehmen und mit ins Grab werfen. Als Abschiedsgeschenk, sozusagen. Ich mache es kurz. Unter den Trauergästen war, ich will sagen, ein alter Freund. Wir kannten uns bereits seit dem Kindergarten, waren recht lange auch gut befreundet, doch irgendwann hatte er sich mit den Falschen eingelassen und wir gingen uns ab da lieber aus dem Weg. Ich hatte ihn nie verpfiffen, aber was er tat, konnte ich nicht gut finden.

Ich war überrascht, ihn hier zu treffen. Der kannte den Alten doch gar nicht. Das Geheimnis lüftete sich noch vor der Aussegnungshalle. Unauffällig trat er an mich heran und fragte, ob die Bilder, die ich ihm geschickt habe, echt seien. Daher wehte also der Wind. Ich wiegelte ab. Doch er musste das Buch bereits irgendwie gespürt oder gesehen haben, denn als ich bei der Beisetzung nach dem Buch greifen wollte, war es weg. Der Schock saß tief, doch dann sah ich meinen speziellen Freund forteilen. Es war offensichtlich, dass er unter seiner Jacke etwas verbarg. Ich wusste nicht, ob ich mich darüber freuen oder mich fürchten sollte. Eine ältere Frau - ihr Gesicht war mit einem Trauerschleier verhüllt - drückte mir einen Umschlag in die Hand. Offenbar gehörte sie zur Familie. Sie bat mich, ihn erst zu Hause zu öffnen. Es wäre ein für mich vorgesehenes Erbe. Den Leichenschmaus ließ ich sein und ging.

Wieder in meinem Zimmer sah ich mich erstmal genau um. Das Buch war wirklich weg. Ich musste laut lachen. Dann fiel mir der Umschlag wieder ein, der in meiner Jacke steckte. Er war voller Geldscheine. Für die Summe muss eine alte Oma wirklich lange stricken, dachte ich.

Etwa zwei Wochen später erhielt ich eine E-Mail von einem ehemaligen Klassenkameraden. Er teilte mir mit, dass mein spezieller Freund überraschend gestorben sei. Das würde mich bestimmt interessieren, denn wir hätten uns doch seit dem Kindergarten gekannt. Ich ahnte schon, dass hier etwas faul war, und schrieb zurück, ob er mehr darüber wisse. Die Antwort kam einen Tag später. Wahrscheinlich hatte er so lange gebraucht, um selbst erst einmal nachzufragen. Er sei wohl an einer inneren Blutung oder so etwas gestorben, hätte der Arzt gesagt, jedenfalls sei kaum noch Blut in seinen Adern gewesen. Auf ihm habe eine Art Tagebuch gelegen, aber es hätte überhaupt nichts dringestanden. Die Angehörigen hatten es dem Arzt geschenkt, der sich ganz neugierig damit beschäftigt hätte.

Matthias

Heute kam die Erinnerung zurück. Ich weiß wieder genau, was damals passiert ist. Zufällig war ich in der Gegend und wie magisch angezogen, machte ich einen Spaziergang. Ich erkannte alles wieder, obwohl es sich stark verändert hatte. Wo einst Wiese war, wuchsen Bäume. Alles war verwildert, nur der Gedenkstein stand wie eh und je an seinem Platz. Die Badestelle von damals war kaum noch zu erahnen. Heute war alles regennass und aus dem Geäst über mir fielen ständig Tropfen herunter. Damals war es sonnig. Und heiß.

Wir waren zu dritt. Wir hätten zu viert sein sollen, aber Frank musste mit seinem Vater auf ein Sportturnier. Busch war der älteste von uns. Er war sechzehn. Mit uns wollte er eine Pfadfindersippe oder so gründen. Es ging aber schief, weil er ein Jahr drauf mit seinen Eltern weggezogen war. Busch hieß eigentlich Thomas, aber er wollte, dass wir alle sogenannte Fahrtennamen bekämen, mit denen wir uns ansprechen würden. Max und ich hatten noch keine solche Namen, nur Busch hatte seinen bekommen. Er war darüber nicht glücklich und erzählte auch nicht, wie er dazu gekommen war, aber was sollte man machen?

Das war so Ende der 1980er Jahre. Ich war dreizehn, glaube ich, und Max war fast ein Jahr jünger. Trotzdem gingen wir in die selbe Klasse. Wir waren gut vorbereitet für einen Wochenendausflug. Unsere Eltern hatten wir überzeugt und direkt nach der Schule ging es los. Wir trafen uns mit dem Fahrrad. Ich hatte mein selbsterspartes Mountainbike, schwarz mit orangenen Streifen und schmalen Reifen. Max hatte den Drahtesel von seinem Vater. Eigentlich ein ganz gutes Ding, nur das Schutzblech klapperte. An das Rad von Busch kann ich mich nicht mehr erinnern. Dann ging es zum Bahnhof. Mit dem damaligen Wochenendticket konnte man mit bis zu fünf Personen für kleines Geld, ich bin mir nicht mehr sicher, ich glaube fünfzehn Mark, oder waren es sogar nur fünf Mark, mit den Regionalzügen durch ganz Deutschland fahren. Samt Fahrrad! Das war natürlich nur theoretisch möglich, weil ein Wochenende mit Hin- und Zurückfahren und Aufenthalt nicht ausreichte, um von einem Ende zum anderen zu gelangen. Aber für solche Ziele wie Rothenburg ob der Tauber oder die Germania bei Rüdesheim hatte es gereicht. Jedenfalls ging es dann los. Wir hatten ja Zeit, solange die Züge fuhren. Noch vor Mitternacht erreichten wir die Haltestelle, zu der wir wollten. Dann gab es noch eine Irrfahrt mit dem Fahrrad, weil Busch im Dunkeln den Weg nicht leicht fand. Etwas abseits vom Waldweg übernachteten wir unter freiem Himmel. Noch im Zug hatten wir Stullen zum Abendessen gehabt.

Frühmorgens ging es dann gleich weiter. Die Sonne war am Aufgehen und es sollte wieder ein heißer, trockener Tag werden. Auch die Nacht war nicht kalt gewesen. Max, der sowieso jede Gelegenheit nutzte, um sein Hemd auszuziehen, hatte es erst gar nicht mehr angezogen, dafür aber in den Rucksack gestopft. Busch hatte sich ganz schön vertan. Wir mussten ordentlich zurückfahren. Dafür würde der Rückweg viel kürzer werden, sagte er jedenfalls.

Von Straßen und Wanderwegen aus nicht sichtbar, machten wir uns auf einem Stück Wiese, eher einer kleinen Lichtung, breit. Direkt am Wasser. Einer Privatbadestelle, sozusagen. Wir wuschen uns, putzten uns die Zähne, bauten unser Zelt auf und richteten eine kleine Feuerstelle ein. Busch kochte in meinem Koschi erst einmal einen Tee und wir aßen Haferflocken mit Milch. Die hatte Max im Rucksack. Für den Nachmittag oder den Abend hatte mich meine Tante gesponsert. Mein Onkel und sie betrieben eine Metzgerei, und sie hatte mir grobe Bratwürste und vier Stücke Grillfleisch mitgegeben. Ich hatte natürlich nicht gesagt, dass wir nur noch zu dritt wären. Frank konnte ja nicht mit. Wir löschten das Feuer und erkundeten die Umgebung. Nur einen Steinwurf entfernt sollte es ein Dorf gegeben haben, das im 30jährigen Krieg untergegangen war. Selbstverständlich hofften wir noch irgendwelche Ruinen oder Mauerreste, am besten natürlich Schätze zu finden. Aber außer einem Gedenkstein war nichts mehr zu sehen. Wir waren nicht wirklich enttäuscht.

Es waren ja immerhin 350 Jahre vergangen.

An unserem Lagerplatz fläzten wir uns erstmal hin, die Nacht war kurz gewesen. Zum Mittagessen hatten wir keine Lust und lagen weiter faul herum. Nachmittags wurde es dann so heiß, dass es uns ins Wasser trieb. Max hatte wie immer alles vergessen, auch seine Badehose, und ging mit blankem Hintern voraus. Ich zögerte kurz, folgte dann seinem Beispiel und rannte ins Wasser, dass es nur so spritzte. Busch zog es vor, erst mal die Badehose anzuziehen und handelte sich direkt den Spott von Max ein. Davon angestachelt raste Busch ebenfalls ins Wasser und tunkte Max mal ordentlich. Ich musste Max natürlich zu Hilfe eilen, worauf sich eine tüchtige Wasserschlacht entwickelte.

Da plötzlich war er da. Irgendwie war er aus dem Schilf aufgetaucht. Ein ziemlich dünner, aber sehniger Junge, etwa so alt wie wir. Vielleicht auch etwas jünger. Jedenfalls kleiner. Splitterfasernackt stand er bereits knietief im Wasser. Als ich ihn sah, lachte ich kurz auf, weil er nichts anhatte. Gut, Max und ich ja auch nicht, aber wir kannten uns, und unsere Klamotten lagen am Ufer. Er stand einfach da und schaute uns an. Irgendwie sah er verlassen aus, jedenfalls so als ob er nicht wüsste, was er sagen sollte. Wer war das und was wollte er? Ich hatte den Gedanken kaum zu Ende gebracht, da tobte Max wild um sich spritzend an mir vorbei, schrie etwas wie „He! Du! Duck' dich!" und machte ihn erst einmal richtig nass. Überrascht schnappte der Junge erstmal nach Luft.

Letztlich balgten wir uns zu viert im Wasser, um uns dann erschöpft im Wasser treiben zu lassen. Wir waren natürlich neugierig, wer da unser neuer Geselle war, wie er hieß und so. Er hieß Matthias und kam offensichtlich aus der Gegend. Er fiel immer wieder in einen fürchterlichen Dialekt, den er zu verbergen suchte. Aber er gab sich richtig Mühe, dass wir ihn verstehen konnten. Er war alleine unterwegs. Seine Kleider hätte er ein Stück weiter am Ufer liegen. Wir fanden ihn auf Anhieb sympathisch, Matthias schien aus dem rechten Holz geschnitzt zu sein. Wir luden ihn ein, zum Essen zu bleiben, ein bisschen Brot und ein Würstchen konnten wir sicher entbehren. Frank konnte ja nicht mit, also hatten wir mehr als genug zu essen. Wir machten Feuer, wobei Matthias fasziniert zuschaute. Busch meinte zum Essen solle sich Matthias etwas anziehen, weil sich das so gehörte. Matthias band sich solange mein Handtuch um, und Busch war zufrieden. Es war ein schöner ausgelassener Tag. Ich sehe noch Matthias vor mir, wie er an einer Brotscheibe kauend, lachend und mit offenem Mund nach hinten wippt. Er erzählte uns Geschichten, wie er von einem Schwan gebissen wurde oder mal eine schlafende Kuh umschubsen wollte. Das gelang ihm aber nicht. Wir erzählten ihm noch, dass wir bei dem untergegangenen Dorf waren. Das war wohl das richtige Stichwort. Er schien viel darüber zu wissen. Angeblich kannten alle in der Gegend die Erzählungen rund um das alte Dorf, so versuchte er es uns jedenfalls weis zu machen. Das Dorf war von einem marodierenden Haufen aus versprengten Soldaten geplündert und niedergebrannt worden. Im Nachhinein betrachtet, erzählte er jedenfalls so davon, als ob er damals dabei gewesen wäre. Dann erzählte er uns noch vom Müller und der alten Mühle die es etwas weiter oberhalb am Fluss gegeben hatte. Die schien er in und auswendig zu kennen. „Du könntest Geschichtenschreiber werden", meinte Busch.

Matthias half uns beim Aufräumen und Feuerholz sammeln. So, als ob er schon immer zu uns dazugehört hätte.

Es wurde Abend und es dämmerte langsam. Busch klimperte auf seiner Gitarre herum, aber viele Lieder kannten wir nicht. Das einzige, was wir hinkriegten war „Die Gedanken sind frei". Matthias gefiel dieses Lied, vor allem die Strophe mit den Gedanken, die Mauern zerreißen. Busch, der Matthias immer mal merkwürdig musterte, bohrte immer wieder nach. Wie alt er sei und was mit seinen Eltern sei, ob die sich keine Sorgen machen würden. Er antwortete immer ganz ruhig. Er habe seinen vierzehnten Geburtstag noch nicht gehabt, seine Eltern würden sich schon lange keine Sorgen mehr machen, genau genommen seien sie gar nicht da. Und dann meinte er, wir sollen ihn doch bitte nicht wegschicken, um Mitternacht müsse er sowieso gehen. Das beruhigte auch Busch, der darauf keine unangenehmen Fragen mehr stellte. Wir unterhielten uns lange über Freiheit und Freundschaft und was sie bedeuten. Am Ende fragte er uns, ob er denn jetzt auch unser Freund sei. Max und ich bejahten das sofort, nur Busch druckste noch ein bisschen herum, bejahte es dann aber auch. Irgendwann stand Matthias auf und sagte, er müsste jetzt gehen. Wir wollten uns noch verabschieden. Da sagte er, er käme noch einmal kurz wieder, er würde nur schnell seine Sachen holen.

Wir sahen uns fragend an. Er hatte seine Sachen in der Nähe? Er eilte zum Schilf und kehrte nur wenige Augenblicke später zurück. Was er anhatte, war wohl ein schlechter Scherz. Es war nur eine grobe, zerschlissene Leinenhose, die er mit einem Strick um die Hüfte gebunden hatte. Dazu ein graues Hemd, das so zerrissen war, dass er es hätte gar nicht mehr anzuziehen brauchen. Vielleicht war Matthias einem Mittelaltermarkt oder so etwas entsprungen. Lief er deshalb nackt rum, damit niemand seine Kleider sah?

Das Lächeln auf seinem Gesicht war verschwunden. Er bedankte sich bei uns für den schönen Tag und die Gastfreundschaft. Jetzt müsste er aber gehen. Max und ich drucksten herum und fragten, ob wir etwas für ihn tun könnten. Max bot ihm sogar sein Hemd an. Doch Matthias schüttelte den Kopf. Dann stockte er. Irgendwie schien er noch etwas sagen zu wollen. Etwas das ihn sehr bewegte, das sah man ihm an. Selbst der sonst etwas ungestüme Max hatte es bemerkt. Er schien wie verwandelt und nahm Mattias am Unterarm.

„Alles klar bei dir?", fragte er mit ernster Stimme. Matthias löste sich aus dem Griff und blickte uns mit traurigen Augen an. Er hätte die Hoffnung bereits aufgegeben, sagte er mit leiser Stimme. Es schien ihm wahrlich sehr ernst zu sein. Er fragte, ob wir ihm bei etwas helfen würden. Wir willigten ein, und er führte uns in Richtung des untergegangenen Dorfes. Es war kein Vollmond, trotzdem konnte man einigermaßen gut sehen, wenn man nicht unbedingt durch den Wald lief. Auf einmal sagte er, hier sei die Stelle. Wir sollten hier auf jeden Fall warten. Er ging noch etwas weiter. Und dann geschah das, was ich nie erzählen wollte. Matthias, erst einige Schritte von uns entfernt, sank wie von großen Schmerzen gepeinigt zu Boden. Ich wollte hinlaufen, doch Max hielt mich am Arm zurück. Er hatte inzwischen noch etwas Anderes gesehen. Busch hatte es auch gesehen und leuchtete mit unserer einzigen Taschenlampe hin.

„Mach das Ding aus!" zischte Max. Busch gehorchte.

Matthias zuckte, als ob jemand auf ihn einprügeln würde. Da verkrampfte er sich ganz und mit einem langen, unterdrückten Schrei bogen sich seine Arme nach hinten. Als ob er daran mit einem unsichtbaren Seil nach oben gezogen worden wäre, schwebte er, mit dem Oberkörper nach vorne gekippt, wimmernd und mit schmerzverzerrtem Gesicht gut einen Meter über dem Boden. Mir tat das von Hinsehen schon weh. Ich wollte blind hinstürzen, um irgendetwas zu tun, aber Max riss mich an meinem Arm zu Boden. Pures Adrenalin schoss durch meine Adern, ich zitterte am ganzen Körper und mir wurde schlecht. Ich konnte nicht glauben, was ich da sah. Max ging es genauso. Busch hockte wie versteinert da. Wo er eben noch hin geleuchtet hatte, tauchten schemenhaft eine handvoll Wesen auf, eigentlich eher nur Schatten, doch auch das trifft es das nicht genau. Es waren Gestalten mit menschlichen Umrissen, schemenhaft und nicht klar zu erkennen. Sie sahen so aus, als ob in ihnen die Luft dunkler wäre. Sie waren vielleicht so groß wie Erwachsene. Doch etwas an ihnen machte sie richtig unheimlich. Der einen Gestalt fehlte ein Stück vom Kopf, der anderen der rechte Unterarm. Die vorderste Gestalt trat vor. Ihr schienen zwei Stöcke durch die Brust zu stecken. Vielleicht waren es auch abgebrochene Spieße. Sie hob den Arm, oder was man als Arm erkennen konnte und deutete auf Matthias. Da bewegte sich rasch eine der hinteren Gestalten auf Matthias zu. Es sah so aus, als ob sie einen Knüppel aus Schatten in den Händen hielt. Damit schlug sie Matthias voll in die Seite. Der jaulte vor Schmerz auf.

„Sag er die Wahrheit!" tönte es von der Gestalt mit den Stöcken durch die Brust. Ich vermeinte einen französischen Akzent zu hören.

„Ich sage immer die Wahrheit!" brüllte Matthias unter Schmerzen. Welche Wahrheit sollte er denn sagen? Die vordere Gestalt winkte die mit dem Knüppel zurück. „Nichts glaube ich dir!", schrie die Gestalt ihn an.

„Ich sage die Wahrheit." Abgehackt, schwer atmend gab Matthias seine Antwort.

„Beweise es!"

„Wie soll das gehen?"

„Wenn zwölf freie Männer bürgen, dass du die Wahrheit sagst, will ich dir glauben. Zwölf freie Männer! Dann gebe ich dich frei!"

Hinter Matthias erschienen merkwürdige Dinger. Sie waren kaum zu erkennen, wie flirrende Luft oder Luftschlieren. Ich hörte sie reden, ihre Stimmen waren wie in meinem Kopf. Immer und immer wieder wiederholten sie Sätze wie „Ich bürge für ihn!" oder „Ich bürge für Matthias!"

Zwölf Stück? Nein! Es waren nur neun. Da kam es aus mir heraus, ich weiß nicht, ob ich es wollte oder nicht. Es fühlte sich an, als ob man mit Singen fertig ist und der letzte Ton aus einem verklingt: „Ich bürge für ihn!" Dann versagte meine Stimme.

Ein kleiner Seufzer der Erleichterung kam über Matthias' Lippen. Ich konnte nicht mehr vor lauter Angst, mein Unterkiefer sackte nach unten weg und begann wild zu zucken. Mein ganzer Körper zitterte. Die Gestalt machte noch einen Schritt auf Matthias zu.

„Ich zähle nur zehn!" Mein Blick schweifte zu Max. Der formte die Lippen um etwas zu sagen. Fast wie am Ersticken keuchte er: „Ich bürge für Matthias!"

„Elf!" hauchte Matthias. Doch die Gestalt ließ sich nicht beirren und trat nun direkt vor Matthias. Mir schwante nichts Gutes. Ich wollte Busch anschreien, damit er auch etwas sagt, doch bei mir kam nur abgehacktes Gestammel aus dem Mund. Und Busch saß immer noch da, als ob er versteinert wäre. Die Gestalt griff sich an die Seite und zog etwas heraus, das wie ein Schwert aus Schatten aussah. Auf meinen zu Gummi gewordenen Beinen bugsierte ich mich zu Busch und ließ mein Gesicht auf seine Schulter fallen. Das tat irre weh. Die Gestalt holte aus und machte wirklich Anstalten, Matthias zu erschlagen.

„Busch!", versuchte ich zu schreien. Da atmete Busch laut ein und erwachte aus seiner Starre.

„Ich bürge für ihn! Ich bürge für ihn!" schrie er immer wieder.

„Zwölf!" stammelte Matthias. Die Gestalt hielt ein. Die Schattengestalten lösten sich auf einen Schlag wie in Rauch auf und wurden von einem leichten Wind von uns weggetragen. Dann verschwanden die Schlieren und die Worte, die sie flüsterten.

Matthias fiel plötzlich einfach so auf die Erde. Er mühte sich, seine Arme nach vorne zu bekommen, blieb aber liegen. Er stöhnte und weinte. Max und ich eilten jetzt zu ihm. Wir versuchten ihn aufzurichten. An mir angelehnt, klappte das. Max riss Matthias den Lappen, der wohl mal ein Hemd war, herunter und improvisierte daraus einen Verband für eine tüchtige Schramme am Kopf, die sich Matthias beim Aufschlag auf den Boden geholt hatte.

„Du kannst mein Hemd haben", flüsterte Max zur Entschuldigung. Matthias schüttelte den Kopf. Wir drehten uns nach Busch um, doch der wippte nur auf Knien vor und zurück und wiederholte leise und stammelnd immer wieder den Satz: „Ich bürge für ihn".

Max stand auf und verpasste ihm einen Tritt. Da sprang Busch auf und rannte schreiend zu unserem Lagerplatz.

„Ich dachte, ich müsste wieder sterben!", sagte Matthias. „Ich weiß nicht wie ich euch danken soll."
Max kniete sich vor Matthias hin.
„Freunde tun so etwas." Dann sah uns Matthias starr an.
„Ich habe Freunde." Matthias lächelte. „Und ich habe immer die Wahrheit gesagt."
Tränen rannen seine Wangen herab und wie ich ihn stützte, löste er sich auf. Einfach so auf. Er sah mich noch an und sagte:
„Ich muss jetzt gehen."
Dann war er weg.

Ich sah auf meine leeren Hände. Das war nun auch zu viel für mich und ich sackte völlig in mich zusammen. Dann saß ich da. Auch Max war völlig fertig und saß ebenfalls nur still da. Ganz lange. Wir sprachen kein Wort. Erst als der Morgen dämmerte, standen wir schweigend auf und gingen zum Lagerplatz zurück. Busch war wach, hatte schon das Zelt abgebaut und fahrig drängte er zum Aufbruch. Viel zu früh fuhren wir zurück. Wir redeten nicht viel. Zuhause erzählten wir von einem tollen Wochenende. Matthias erwähnten wir mit keinem Wort. Wir sprachen auch nie darüber. Heute kam die Erinnerung wieder.

Die Flaschenpost

Auf einer Fahrt mit der Brigantine *Falado von Rhodos* entdeckten drei Schnorchler an einem Riff eine Flaschenpost. Die abgeschliffene, weithalsige Flasche war mit Teer versiegelt und üppig mit Seepocken und Algen bewachsen. Offensichtlich war sie schon einige Jahre unterwegs. Sie enthielt mehrere zusammengerollte Blätter, Briefe, die an einen Mario geschrieben waren. Die Blätter waren datiert, aber ohne Jahr. Die Briefe wurden später kopiert und unter den drei Findern aufgeteilt, sodass jeder ein Drittel der Originalbriefe erhielt. Die Flasche wurde mit einer Kopie der Briefe auf der *Falado* aufbewahrt. Sie ging im Jahr 2013 beim Untergang der *Falado* vor Island verloren. Aber der Inhalt ist erhalten.

13.Mai

Lieber Mario!

Ich weiß nicht, ob oder wann Dich mein Brief erreicht. Ich trage ihn an meiner Brust, bis ich ihn Dir schicken kann.

Wie lange hat es gedauert, bis Du erfahren hast, daß sie mich geholt haben? Hast Du es geschafft, ihnen zu entkommen? Ich zerfresse mich vor Vorwürfen, weil ich nicht zurückgekehrt bin. Aber sicher hätten sie mich dann wiedergefunden. Und vielleicht hätten sie euch dann genauso ins Lager gesteckt. Gestern Nacht konnte ich fliehen.

Mit anderen, die ich nie zuvor gesehen hatte, wurde ich mit dem LKW aus dem Lager gebracht. Auf der Ladefläche saßen wir, bestimmt zehn Leute und noch zwei Wächter. Als der eine eingenickt war, sprang ich auf und stürzte mich mit ihm vom Laster. Er hatte meinen Sturz gut abgefedert. Ich glaube, ich hatte ihm übel zugesetzt. O Mario, ich hatte solche Angst. Ich hatte Angst, daß das meine letzte Fahrt werden sollte. Du weißt, wie leicht Menschen einfach so verschwinden können. Ob mir der Wächter leidtut? Vielleicht sollte er. Aber sicher hätte er mit mir auch kein Mitleid gehabt. Ich weiß es nicht. Aber dann denke ich an die stundenlangen Verhöre, den Schlafmangel und die Zigaretten, die sie mir auf dem Arm ausgedrückt hatten. Ich habe mich die ganze Nacht in einem Kanalrohr versteckt. Sie haben mich nicht gefunden. Zweimal habe ich sie gehört. Mit Hunden haben sie gesucht. Wahrscheinlich hat der Regen meine Spur verwischt.

Letzte Nacht bin ich hier in die Laubenkolonie eingedrungen. Hier hatte ich was zu essen gefunden. Und dieses Papier und Stifte. In der Hütte ist überhaupt nichts Brauchbares. Kein Geld. Eine Gabel und ein Büchsenöffner. Mario, ich besitze nicht mehr als das

Hemd am Leibe. Morgen versuche ich mich bis zur Küste durchzuschlagen: Ein langer Marsch. Vor allem wenn man nicht gesehen werden will. Aber alles andere ist zu gefährlich. Ich nehme an, daß ich es nicht schaffe, über die Grenze zu kommen. Aber mit dem Schiff könnte es klappen. Ich hoffe, du erfährst eines Tages, daß ich wohlauf bin.

8. Juni

Lieber Mario!

Lange habe ich nichts von mir hören lassen, aber ich habe es geschafft! Ich bin an der Küste. Ich weiß nicht genau wo, aber das spielt auch keine Rolle. Hier gibt es viele kleinere Schiffe. Ich habe mir eines der größeren davon herausgesucht. Es ist ein Segelschiff mit drei Masten. Es braucht keinen Motor und sieht aus, wie man sich ein Schmugglerschiff vorstellt. Es sieht so aus, als ob es größere Strecken fahren könnte. Ich kenne mich mit Schiffen nicht gut aus, aber ist es normal, dass ein Schiff keinen Namen trägt? Jedenfalls scheint niemand dieses Schiff zu bewachen. Es scheint überhaupt niemand an Bord zu sein. Wozu auch? So schäbig, wie das Ding aussieht, klaut das sowieso niemand.

Mario, ich habe Angst. Das Schiff hat abgelegt. Ich sitze hier in einer riesigen Kiste und habe mich erst jetzt einmal richtig herausgewagt. Ich hatte so entsetzlichen Durst. Hunger fühle ich schon lange nicht mehr. Wir sind auf offener See, das Schiff schwankt

und alles knarrt. Aber es scheint keine Menschenseele an Bord zu sein. Ich habe ein offenes Holzfass
mit Wasser an Deck gefunden. Es schmeckt furcht-
bar, aber es löscht den Durst. Ich habe Angst davon
krank zu werden. Ich habe Angst vor dem Schiff. Ich
habe Angst verrückt zu werden. Ich habe Angst.

14. Juli

Lieber Mario!

Der Käpt'n ist ein ganzer Kerl. Er war überhaupt
nicht überrascht mich zu sehen. Er flucht wie der
Teufel und säuft wie 10 Russen. Ich verstehe mich
prächtig mit ihm. Er hat mir eine Hängematte in
die Koje gehängt. Jeden Abend holt er mich ab und
wir spielen in seiner Kajüte Skat. Er scheint viel
Übung zu haben, die Karten im Schein der Kerze zu
erkennen. Unser dritter Mann spricht nur flüsternd.
Er sitzt immer im Schatten und wirft die Karten auf
den Tisch. Ich glaube er ist der Steuermann.

27. Juli

Lieber Mario!

Der Käpt'n hat mir Papier besorgt. Ich verstehe
mich immer noch prächtig mit ihm. Nur das nächtli-
che Kartenspiel strengt mich an. Meistens verschlafe
ich den ganzen Vormittag. Irgendwie scheinen wir

nur nachts zu fahren. Tagsüber sind nie Segel gesetzt. Es herrscht Windstille und es ist brütend heiß.
Ab und zu springe ich von Bord und kühle mich bei
einer Runde ums Schiff. Hier ist ja tagsüber niemand. Ich versuche mich nützlich zu machen und
schrubbe jeden Tag das Deck.

2. August

Lieber Mario!

Der Küchenchef, jedenfalls der Koch spielt jetzt auch
mit Karten. Er ist sehr lustig und jedes Mal, wenn er
verliert, nennt der Käpt'n ihn Smutje und lacht ihn
aus. Smutje kann die herrlichsten Grimassen schnei-
den. Jetzt, wo wir zu viert sind, spielen wir die ver-
schiedensten Kartenspiele. Obwohl mir beim Skat
nie langweilig wurde. Den Steuermann habe ich immer noch nicht gesehen.
Heute Mittag, also vorhin habe ich das Schiff durchsucht. Mario, hier ist niemand! Werde ich verrückt?

10. August

Lieber Mario!

Letzte Nacht war ich mit dem Käpt'n an Deck. Er
fluchte die ganze Zeit und schimpfte auf seine Mannschaft. Die Segel waren gesetzt, aber ich konnte nie-
manden entdecken. Das Mondlicht warf Schatten.

Er brüllte laut in die Schatten hinein. Ich meine, darin hätte sich etwas gerührt.

Ja, so einen wie mich könne er in seiner Mannschaft brauchen.

Lieber Mario!   13.August

Heute habe ich wiedereinmal das ganze Schiff durchsucht. Hier ist niemand. Aber gestern Nacht, da waren sie alle da. Der Käpt'n, der Steuermann, der Smutje. Aber jeden Tag ist das Schiff leer. Ich habe alles durchsucht. Die Kojen, alles. Ich habe sogar die Ladung untersucht. Einige der Kisten habe ich geöffnet. Sie sind leer. Dem ganzen Dreck auf den Kisten nach stehen die schon ewig hier. Und es ist keine Menschenseele an Bord. Aber mit wem spiele ich dann nachts Karten? Spiele ich um meine Seele? Mario, ich glaube, ich werde verrückt! Ich sehe nie Land. Alles ist so monoton. Tag ein, Tag aus. Nichts passiert. Nur das Schiff wiegt sich knarrend in den Wellen. Und um das Schiff herum nur Wasser. Endloser blauer Ozean. Wo bin ich? Wer bin ich? Was geschieht hier?

Lieber Mario!   22. August

Letzte Nacht ist etwas passiert! Ich hatte den Käpt'n gefragt, wie das Wasserfass immer wieder voll wird, obwohl es doch nie regnet. Er ignorierte meine Frage, fragte mich aber, als sei es das normalste auf der Welt, ob ich in seine Mannschaft wolle. Ich habe „Ja" gesagt! Ich wußte nicht, was mir sonst die Zukunft bringt und habe den ölfleckigen Vertrag unterschrieben. Ich glaube, ich freue mich darüber, denn ich weiß endlich wieder, wo ich hingehöre.

Mario!   26. August

Etwas geschieht mit mir! Mir ist ganz flau im Magen und ich laufe wie auf Watte. Der Käpt'n hat gesagt, das sei normal. Außerdem solle ich tagsüber schlafen. Bei ihm würde nachts gearbeitet. Ist das eine Erklärung für alles? Aber wo sind die Anderen der Mannschaft? Mario, ich weiß nicht, ob ich das Richtige getan habe.

28. August

Mario, jetzt weiß ich es! Ich werde verrückt! Nachts scheint alles in Ordnung zu sein mit mir. Aber am Tag! Zuerst ist es mir kaum aufgefallen. Ich konnte durch meinen Arm und durch meine Hand hindurchsehen! Auf den Boden! Vorhin habe ich mein Hemd ausgezogen. Mario, ich kann mir von oben durch die ganze Hose gucken, verstehst du? Ich werde durchsichtig! Glaubst du jetzt, dass ich verrückt bin?

Lieber Mario!   1. September

Letzte Nacht habe ich erst das Deck geschrubbt, bevor ich in der Kajüte Karten spielen ging. Schemenhaft fange ich an, den Steuermann zu erkennen. Er hat einen Bart, glaube ich. Als ich das Deck geschrubbt habe, meinte ich in den dunklen Schatten jemanden zu sehen und wie von selbst wurden die Segel gesetzt. Meine Durchsichtigkeit wird schlimmer. Ich erkenne mich selbst nur noch in der Dunkelheit.

Lieber Mario!   13. September

Der Käpt'n hat gesagt, es sei Zeit, meine Briefe loszuschicken. Ich weiß nicht, ob oder wann Dich meine Briefe erreichen. Ich will nur, daß Du weißt, es geht mir gut. Die anderen der Mannschaft sind auch in Ordnung. Zusammen sind wir 12 Mann. Ein Dutzend. Nachts hat das Schiff einen Namen. Es heißt „Schatten". Falls du mich suchst.
Ich kann mich kaum noch sehen. Der Stift huscht wie von alleine über das Blatt. Aber ich habe keine Angst mehr, verrückt zu sein. Ich hoffe, wir sehen uns eines Tages wieder. Sag auch den Anderen einen schönen Gruß von mir!

Die Granate

In einem Stapel alter Bücher fanden wir ein Buch von Luis Trenker. *„Kameraden der Berge"* oder so hieß es. Luis Trenker kennt heute kaum noch einer, doch zu Lebzeiten war er der unumstrittene Experte, was die Alpen angeht. Viele Filme hatte er über die Berge und Bergsteiger gedreht und auch viele Bücher geschrieben. Bei einer Fahrt ins Tote Gebirge im Salzburger Land nannten wir ein etwas aus den Fugen geratenes Schuhwerk die *„Luis Trenker Gedenkstiefel"*. Die Jüngeren machten sich im Internet schlau und waren überrascht, was Luis Trenker so alles gemacht hatte. Jedenfalls hatten wir das Buch gefunden, und es ließ sich tatsächlich ganz gut lesen. Nur die Geschichten aus dem 1.Weltkrieg trafen nicht mehr unbedingt den Zeitgeist.

Aber eine Idee war geboren. Wie schon die Jahre zuvor machte unser Orden Fahrten nach Südtirol um Klettersteige zu gehen. Dort hatten wir auf der Suche nach Schutz vor einem Gewitter schon einmal Höhlen entdeckt, die sich als Stollen aus dem 1.Weltkrieg entpuppten. Auch diesmal wollten wir natürlich einen Klettersteig gehen, aber zusätzlich wollten wir solche Anlagen aufspüren und erkunden.

In finstere Stollen vordringen, durch Löcher schlüpfen und Sachen sehen, die vor uns zumindest seit langem keiner mehr gesehen hatte. Das roch schon förmlich nach Abenteuer.

Die Festung *„Werk Verle"*, wo Luis Trenker seinen Dienst verrichtet hatte, wollten wir nicht aufsuchen. Denn die Bilder, die wir über eine Suchmaschine gefunden hatten, zeigten eine touristisch aufbereitete Betonruine. Und alles Interessante an Ausstattung, also die Kanonen, Geschütztürme und dicken Eisenteile, also alles, was so richtig beeindruckend wäre, war schon lange weg. Also suchten wir etwas in Richtung Falzaregopass oder Col Rosa. Dort sind auch viele Reste von alten Stellungen bekannt. Es kam dann doch ein wenig anders, aber an einem langen Wochenende im Frühsommer ging es mit einem VW-Bus los zum Klettern nach Südtirol.

Die Nacht verbrachten wir in einer Scheune und brachen am frühen Morgen mit nur leichtem Gepäck und Klettergurten auf. Zunächst ging es bestimmt zwei Stunden den Berg hinauf. Dort oben wagten wir dann den Klettersteig. Vorher versteckten wir unten unser Gepäck. Es war noch mächtig kalt, Schnee- und Eisreste waren reichlich vorhanden, aber die Sonne schien und sorgte für ein einzigartiges Erlebnis. Kurzum, wir erreichten auch den Gipfel, und am frühen Nachmittag waren wir schon wieder abgestiegen. Hier gab es auch wieder Bäume. Stellungen aus dem 1.Weltkrieg hatten wir bereits entdeckt, sogar mit Stacheldraht. Aber was wirklich

Tolles war noch nicht dabei.

In den Stellungen oben hatte einer von uns ein Stück rostiges Metall gefunden. Es war zwar nur ein unförmiges, kleines Stück Schrott, das man nicht mehr zuordnen konnte, aber das Jagdfieber war geweckt. Angestachelt wühlten wir hie und da, kratzten und scharrten mit den Füßen im Boden. Irgendwas musste doch zu finden sein. Eine Geschosshülse, ein Stück Granatsplitter, aber mit einer schönen Form oder einem Gewinde dran. Oder sogar ein altes Gewehr! Aber wir fanden da nicht wirklich etwas.

Hier, unterhalb vom Klettersteig, entpuppte sich eine kleine Höhle als Eingang in eine Art Stollensystem mit Schießscharten. Das wollten wir erkunden. Doch davor wollten wir uns stärken und wärmen. Also brannte nach wenigen Augenblicken ein Feuer im Stolleneingang. Wir waren nicht die ersten mit dieser Idee, denn die Feuerstelle gab es schon. Nun musste noch mehr Holz her. Zu dritt schwärmten wir aus, um Feuerholz zu sammeln. Bevorzugt dünne, dürre Äste, die noch am Baum hingen. Hier war schon fleißig geerntet worden, also ging ich ein Stück weiter am Berg entlang. Den Stolleneingang konnte ich schon bald nicht mehr sehen.

Der Boden war uneben, felsig mit Moos bewachsen und voller loser Steinbrocken. Bei jedem Schritt musste ich aufpassen, nicht umzuknicken.

Aber was war denn das? Aus dem Boden ragte ein Stück Eisen. Es war nur Handteller groß, rostig, aber glatt und gewölbt. Am eher spitzen Rand war ein

halbes Gewinde zu erkennen. Ich wurde ganz aufgeregt. Die Anderen würden ganz neidisch sein. Ich
legte das gesammelte Brennholz ab und zog die Me-
tallscherbe aus dem Boden. Die anhaftende Erde
rieb ich mit den Fingern ab. Das war jetzt nicht
so spektakulär, aber es sah gut aus. Ich wiegte das
Teil in der Hand und wollte es einstecken.

„Liegen lassen!"

Ich zuckte zusammen. Der Dialekt klang sehr bai-
risch, war aber sehr eindeutig zu verstehen. Ich sah
auf und blickte genau in die Mündung eines Ge-
wehrs. Das war etwas, was ich nicht sehen wollte. Sofort rutschte mein Herz in die Hosengegend. Angst-
schweiß perlte auf meine Stirn. Mein Puls hämmerte
an meinen Schläfen. Am anderen Ende des Karabi-
ners zielte ein Soldat in einer grauen Uniform auf
mich. Er sah sehr jung aus aber sein Gesicht verriet
mir, dass er keinen Spaß verstand. Zittrig und ganz
vorsichtig wich ich zurück. Die Mündung des Kara-
biners folgte mir jeden Millimeter.

„Bist ein Italiener?"

Ich schüttelte den Kopf. Ich brachte kein Wort heraus. Mit dem Gewehr wies er mich an noch weiter
zurückzutreten. Langsam ging ich rückwärts. Ge-
duckt und die Hände beschwichtigend nach vorne
haltend. Das war kein Scherz von einem Einheimischen. Oder Jäger. Oder Live-Rollenspieler. Er ging
zum Granatsplitter und hielt mich die ganze Zeit
im Visier. Mit dem Augenwinkel schielte er immer
wieder auf das rostige Metallstück. Mit dem Fuß
versuchte er es wieder genauso hinzuschieben, wie

ich es im Boden gefunden hatte.

„Des is meine Granate! Verstehst?"

Ich nickte. Meine Eingeweide verkrampften sich. Wo waren die anderen? Verdammt, was passierte hier?

„Die war für mich bestimmt! Verstehst? Nur für mich!"

Es gelang ihm nicht gut, den Granatsplitter mit dem Fuß zurückzuschieben. Schließlich blinzelte er immer wieder darauf und hockte sich nieder. Das Gewehr war immer noch auf mich gerichtet, aber er klemmte es etwas unter die Schulter und hielt es nur noch mit der rechten Hand am Abzug fest. Mit der linken Hand tastete er nach dem Splitter, dabei rutschte ihm sein Stahlhelm etwas ins Gesicht, den er mit der freien Hand zurückschob, um dann weiterzutasten.

„Die bleibt da. Für immer und ewig!"

Gebannt klebten meine Augen auf seiner suchenden Hand. Gleich hatte er sie. In dem Augenblick, als seine Finger das Metall berührten, surrten mir zwei, drei scharfe Pfiffe um die Ohren. Vor mir spritzte Dreck weg. Im Gesicht, am Oberkörper und an den Armen wurde ich von dem peitschenden Dreck und Sand getroffen. Es tat höllisch weh. Ich warf mich sofort auf den Boden. Das waren einschlagende Gewehrkugeln! Eindeutig! Auf mich wurde geschossen! Der Soldat lag auch in Deckung. Mit einem entsetzten Gesichtsausdruck sah er mich kurz an.

„Alpini!" fluchte er und versuchte wegzukriechen. Er packte sein Gewehr, sprang auf und wollte weiter bergauf. Das ist keine gute Idee, dachte ich. Dann ging alles ganz schnell. Genau da, wo er gerade noch lief, platzte die Erde auf und eine riesige, dunkle Fontäne aus Erde und Steinen schoss nach oben. Nur ein Bruchteil einer Sekunde später wurde ich von der Druckwelle mit einem unbeschreiblich heftigen Knall nach hinten weggedrückt und lag plötzlich unter verkrüppelten Tannenbäumen. Ich hörte nur noch ein Piepen in meinen Ohren und es fühlte sich an, als hätte ich alle meine Gräten gebrochen. Noch ganz benommen versuchte ich zu verstehen, was gerade passiert war. Kleine Äste, Rinde, Tannennadeln und Flechten regneten auf mich herab. Da kamen die Anderen.

„Bist du vom Baum gefallen?"

Mühsam rappelte ich mich auf. Ich war nicht vom Baum gefallen, das sah doch jedes Kind! Mit beiden Händen klopfte ich mir das Zeug ab, das auf mich herabgeregnet war. Ich kam nicht einmal richtig zum Antworten.

„Ich bin nicht…"

Der Erste, ich weiß nicht mehr, wer es war, drehte sich zu den Anderen um.

„Er ist vom Baum gefallen!"

„Und das knallt so?"

Mit einem strafenden Blick ignorierte ich diesen Blödsinn und torkelte dorthin, wo der Soldat verschwunden war.

„Warum bist du denn in den Baum geklettert? Unten ist doch genug Holz!", tönte es hinter mir.

„Jetzt reichts aber!"

Angekommen sah ich mich verwirrt um. Hier war

nur eine leichte Kuhle im Gelände.

„Wo ist der Typ mit dem Gewehr hin?"

„Hier ist keiner!"

Verständnislos blickte ich bergab, wo einer mit den Füßen am Boden scharrte.

„Ich glaube, hier liegt was!"

Erst jetzt konnte ich wieder klar denken.

„Lass das liegen!", sagte ich. „Das ist nichts für uns."

Gelbe Augen

Heute Abend wird es kommen. Es wird kommen, um seine Beute einzufordern. Die Beute bin ich. Die Beute ist meine Seele. Ich bin ihm in die Falle gegangen. Lange bin ich ihm entkommen. Fast konnte ich mich befreien. Aber nur fast. Heute Abend wird es kommen.

Es ist schon ein paar Jahre her. Ich weiß gar nicht mehr genau wann. Aber ich weiß wo! Während einer Wanderung war es. Jedes Detail von damals hat sich tief in meine Erinnerung eingebrannt.

Weitab von jeder menschlichen Siedlung folgte ich einem breiten Weg. Es war helligster Tag. Lange lief ich so vor mich hin und hing meinen Gedanken nach. Auf den niedrigen, schon mit dickem Moos überwachsenen Mauerresten einer alten Hausruine ließ ich mich zu einer kleinen Pause nieder. In einer Ecke, zwischen alten, unregelmäßigen Steinplatten, schien etwas zu funkeln. Zuerst dachte ich an eine Süßigkeit, die in Glitzerpapier eingewickelt war. Ich stand auf und ging zu der Stelle hin. War es ein glitzernder Stein? In den Sonnenstrahlen blinkte es eher metallisch. Jetzt sah es mehr aus wie ein Schlüssel. Davor blieb ich stehen. Mit meinem Fuß stupste ich dran. Das war eindeutig eine Münze! Eine golden schimmernde Münze. Etwas ungläubig bückte ich mich danach. Doch wie ich die Münze mit meinen Fingern berührte, wurde meine Hand auf den Boden gezogen und klebte dort fest. Ich war völlig überrascht. Mein Rucksack fiel mir über die Schulter. Was war nur passiert? Was war mit meiner Hand los? Wie angenagelt hing sie fest. Da hörte ich ein schnurrendes Knurren, ein flatterndes, keckerndes Lachen. Mit meiner Hand am Boden versuchte ich mich umzudrehen, um zu sehen, was da war, aber es gelang mir nicht. Zuerst war es schwer zu sehen. Es tanzte um mich herum und machte immer noch diese Geräusche. Meine Überraschung wich einer Panik. Ich konnte nicht weg. Sosehr ich auch zog und zerrte, ich bekam meine Hand nicht frei, und dieses Ding umkreiste mich. Dann hörte ich es singen.

„Ich habe einen. Ich habe einen!"

Immer wieder verrenkte ich mich um meine Hand am Boden und versuchte einen Blick auf das Ding oder Wesen zu erhaschen. Ich kam nicht weg! Ein eiskalter Schauer lief über meinen Rücken und den Nacken und über meine Stirn perlte kalter Schweiß. Mein Herz pochte wie wild. Es wummerte an meinen Schläfen. Und dann diese Stimme! Ich habe sie immer noch im Ohr.

„O, wie wirst du mir schmecken! O, wirst du mir schmecken!"

Es ging alles so schnell. Ich verstand nicht ganz, was

da passierte. Meine Panik wurde unermesslich. Wie wild ruckte ich an der Hand. Der Unterarm schmerzte. Ich wäre sogar bereit gewesen, mir den Arm abzureißen, doch ich war gefangen. Das Ding blieb stehen. Direkt vor meinem Gesicht. Ich konnte nicht weiter zurückweichen. Es war ein kleines, schwarzes Wesen, vielleicht hüfthoch, mit einer Haut wie grobe Borke. Es hatte zwei Beine und zwei Arme, geformt wie knorrige Äste. Es war nach vorne gebeugt. Die langen Arme stützten es auf den Boden. Der Kopf war ziemlich groß und breit. Über dem fast genauso breiten Mund war keine Nase, da waren nur zwei Spalten. Und darüber zwei große, runde, gelbe Augen. Aber die Pupille war ein senkrechter Schlitz, wie bei einer Katze. Wie es mich ansah, wurden die Pupillenschlitze für einen kurzen Moment breit und fast kreisrund. Seinen Mund öffnete es noch ein wenig weiter, sodass zwei schmutzig braungelbe Reihen spitzer Zähne zum Vorschein kamen.

„Ich esse deine Seele auf!" Wie es das Wort Seele sprach, tippte es mit seiner unglaublich langen, blauen Zunge an die oberen Zähne. Dann tanzte es wieder um mich herum. Ich versuchte so gut es ging, ihm auszuweichen. Dann stellte es sich wieder direkt vor mein Gesicht.

„Deine Seele werde ich essen! Und dann", es machte eine kurze Pause, „werde ich dein seelenloses Fleisch nehmen. Ich werde es braten und lauschen will ich, wie du vor Schmerzen schreist.

Es war kein böser Traum, es war real. Ich saß in der Falle! Und dieses Ding erzählte mir gerade, was mir blüht! Ich musste weg hier. Aber ich wusste nicht wie. Schnell, irgendwie musste ich einen klaren Gedanken fassen. Die Münze war offensichtlich ein Köder, absichtlich ausgelegt um Beute zu machen. Und wie in einer zugeschnappten Falle hing ich daran fest. Doch halt! Mit dem Fuß hatte ich sie ja angestoßen. Da war nichts passiert, da klebte nichts. Ob es nur auf Hände reagiert? Oder blanke Haut? Ich konnte den Gedanken nicht weiterspinnen denn das Wesen zog mir die Beine weg und ich fing mich gerade noch so mit dem linken Arm ab. Das Wesen war unglaublich stark. Es kreischte jetzt fast vor Vergnügen. Die Münze war noch da. Sie lag unter meinem Daumen. Wie, verdammt nochmal, hielt die mich fest? Mit einem blöden Gedanken griff ich mit der anderen Hand danach, um die Münze wegzunehmen. Prompt klebte ich mit der auch am Boden fest. Ich fluchte, wie es mir irgendwie in den Sinn kam. Mein Fluchen stachelte das Wesen nur noch mehr an. Es hüpfte sogar auf mich drauf. Es war erstaunlich leicht. Da schoss mir ein vielleicht rettender Gedanke durch den Kopf. Der Fuß! Zumindest der Schuh blieb nicht kleben. Ich zog mich zu der Münze hin und versuchte wieder auf die Füße zukommen. Ich musste die Münze irgendwie wegtreten, da war ich mir sicher.

„Nein!", schrie das Wesen. Konnte es etwa meine Gedanken lesen? Ich hatte die Beine wieder unter mich bekommen und trat ungelenk nach meinen Händen. Die rechte Hand hatte ich unglücklich erwischt und Haut abgeschürft. Das brannte entsetzlich, aber das war mir egal.

„Nein!" schrie das Wesen wieder. Nochmal wollte ich nach der Münze treten, da schlug es mir mit scharfen Krallen in die Seite. Durchdringender Schmerz ließ mich aufbrüllen. Das Wesen freute sich offensichtlich wahnsinnig darüber. Diesen kurzen Moment nutzte ich. Mit dem Schuh konnte ich die Münze unter meinen Fingern heraustreten. Auf einen Schlag war ich wieder frei. Ich sprang auf. Das Wesen flog regelrecht auf mich zu, das Maul mit den spitzen Zähnen weit geöffnet. An Händen und Füßen sah ich nun entsetzlich große und scharfe Krallen. Irgendwie konnte ich den Rucksack von der Schulter streifen, schleuderte ihn mit aller Kraft gegen das Wesen. Davon getroffen ging es zu Boden und rollte an den Wegrand. Wie von Sinnen wetzte ich los, leicht den Berg hoch. Warum war ich nicht in die andere Richtung gerannt? Bergab? Ich wollte mich nicht umdrehen, trotzdem tat ich es. Dort am Wegrand blinkten plötzlich zwei große, gelbe Augen auf. Das Wesen, ich kann es nicht besser ausdrücken, hoppelte auf allen Vieren auf mich zu.

„Meine Beute! Meine Beute!" Hechelte es dabei. Ich schnappte mir einen Tannenast, der von Forstarbeiten hier herumlag, bereit mich bis zum letzten Atemzug zu verteidigen. Da hatte ich einen Geistesblitz. Warum sollte ich es nicht versuchen? Ich hatte ja nichts zu verlieren. Schnell malte ich einen Kreis um mich, da war das Wesen auch schon da. Ich schlug mit dem Stock nach ihm und jedes Mal, wenn es zurückwich, versuchte ich eine Linie auf den Boden zu ritzen. Ein Pentagramm wollte ich auf den Boden zeichnen. Irgendwo hatte ich von so einem Schutzzeichen gelesen. Vielleicht würde es ja tatsächlich funktionieren. In dem Moment, als ich die letzte Linie verbunden hatte, blieb das Wesen stocksteif stehen.

„Wo bist du hin? Wo bist du, mein Fressen? Wo bist du?" Ich blieb zittrig aber regungslos stehen, nur an der Seite hielt ich mich. Die Wunde blutete und schmerzte fast unerträglich. Ich war völlig außer Atem. Mit verzerrtem Gesicht biss ich die Zähne zusammen und versuchte leise Luft zu holen. Mir wurde fast schwarz vor Augen.

„Wo bist du? Meine Beute? Ich rieche dich! Ich rieche dein Blut!" Ich bekam immer noch nicht richtig Luft. Keinen Laut wollte ich machen. Das Wesen stand fast direkt vor mir, aber es schien mich nicht mehr zu sehen.

„Wo bist du? Ich rieche dich! Ich höre dich!" Suchend wankte es hin und her, schnüffelte am Boden, leckte sogar mit seiner blauen Zunge am Boden, aber immer, wenn es am Kreis ankam, schien es nichts mehr wahrzunehmen und suchte woanders weiter. Das Blut gefror mir in den Adern. Gleichzeitig schien es in mir vor Freude zu glucksen, denn es wirkte tatsächlich. Das Pentagramm funktionierte!

„Was ist das nur für ein böser Zauber?" Aufgebracht rannte das Wesen hin und her. Manchmal kam es auch ganz dicht an mir vorbei.

„Ich fühle, dass du da bist! Ich fühle es!" Zornig knurrte es. Unvermittelt schlug es mit seinen krallenbewehrten langen Armen um sich. Wieder stockte mir der Atem. Jetzt war es aus! Unweigerlich würde es mich treffen. Ganz nah stand es vor mir und witterte. Mit diesen großen, gelben Augen sah es mich an. Doch die Augen starrten ins Leere. Urplötzlich schlug es wieder zu, aber seine Krallen fuhren durch mich hindurch, als ob ich Luft wäre. Was geschah hier? Das war doch alles völlig unmöglich! Das Wesen fing an zu jammern und ging weg, wieder zu der Stelle, an der es mich gefangen hatte. Auf halbem Weg drehte es sich noch einmal um.

„Du kannst mir nicht entkommen! Ich finde dich überall! Ich habe dich gezeichnet!" Es hob dabei seinen Arm und spielt kurz mit den Krallen, mit denen es mich verletzt hatte. Diese böse Wunde an meiner Seite brannte nochmal auf, ich konnte den Schmerzensschrei kaum unterdrücken. Das Wesen konnte ich nun nicht mehr sehen.

Ich wartete noch lange, bis ich mich traute weiter zu fliehen. Weg von diesem Ort, weg von diesem Dämon. Ich hielt mich an der Seite. Die Wunde blutete nur wenig, aber es hörte auch nicht auf. Sie tat mir bei jedem Schritt weh und der Weg nahm kein Ende. Ich verzweifelte immer mehr. Erst als es dunkel wurde, erreichte ich den nächsten Ort. Die ersten Häuser waren dunkel, doch genau vor mir war ein beleuchtetes Schild an der Dorfkneipe. Ich torkelte hinein, die paar Gäste hielten mich wohl für einen Betrunkenen. Ich hielt mich an der Theke fest und stammelte, dass ich Hilfe bräuchte. Der Wirt hatte mich gesehen und sah mich mit einem glasigen Blick an.

„Hier, nimm einen Schnaps, der hilft und betäubt!"
Das ließ ich mir nicht zweimal sagen und schüttete
den Schnaps in mich hinein. Er schmeckte fürchter-
lich metallisch. Dann blickte der Wirt zu einer Frau
am anderen Ende der Theke, die sofort aufstand und
auf mich zukam. Dann wurde es schwarz um mich.
Genauso wurde ich wieder wach. Ich wusste, dass ich
nicht wach sein sollte, denn ich sah das nächste Un-
glaubliche. Mein Hemd war um die Wunde herum
aufgerissen worden und drei kräftige Schnitte von
den Dämonenkrallen klafften auf. Ich war völlig benommen und fühlte keinen Schmerz. Wir waren in
einer Werkstatt mit grellem Neonlicht. Ich erkannte
eine grüne Hobelmaschine und Holzstaub. Die Frau
aus der Kneipe hatte eine Katze am Genick gepackt.
Die Katze schrie und fauchte, wand sich, versuchte
zu kratzen und strampelte mit den Beinen. Unbeeindruckt zückte die Frau ein kleines Messer und
schnitt ihr den Hals durch. Das Blut der noch zu-
ckenden Katze ließ sie über die Wunden laufen, die
sich dann mit Zischen und Qualmen schlossen. Dann
verlor ich wieder das Bewusstsein.

Am nächsten Morgen wurde ich wach. Mir brummte der Schädel. Ich war in einem völlig anderen Dorf
und lag vor dem Dorfbrunnen. Um mich herum lagen leere Weinflaschen. Von hier aus konnte ich die
Bahnhaltestelle sehen. Ich hatte mein zweites Hemd
aus dem Rucksack an. Das andere war verschwunden. Vorsichtig wagte ich einen Blick auf die Wunden. Bis auf drei feine Narben war dort nichts zu

erkennen. Und weh tat auch nichts mehr.

Über all diese Dinge musste ich nachdenken und kam fürs Erste zum Schluss, dass ich zu verwirrt war, um das alles zu verstehen. War das alles nur ein Traum? Ein sehr böser Traum? Aber die Narben! Die waren eindeutig da! War ich vielleicht verrückt geworden? Was blieb mir anderes übrig, als einfach zur Bushaltestelle zu laufen und nach Hause zu fahren?

Etwas hatte sich in mir eingenistet. Etwas davon war Angst. Wo auch immer ich hinkam, ich glaubte, große, gelbe Augen zu sehen.

Nach der Begegnung mit dem Dämon hatten sich meine Ansichten zu Magie, Dämonen und so, definitiv geändert. Ich versuchte alles zu lesen, was ich irgendwie über Pentagramme und Ähnliches herausfinden konnte. Es war nicht viel. Offensichtlich wusste ich bereits mehr, als die Fantasien irgendwelcher Geschichtenerzähler darüber zu berichten wussten. Das Wichtigste war, etwas zu finden, was mich schützen könnte. Ein Kreis aus Salz sollte da helfen. Deshalb ließ ich mir eine Art Schlauch nähen, den ich mit Salz füllte und unter meinem Bett auslegte. So schlief ich in einem Salzkreis. Ich weiß nicht, ob das wirklich hilft, aber ich konnte ruhig schlafen, und passiert ist nie etwas. Zudem trug ich eine Silberkette. Silber soll ja auch vor so etwas schützen.

Das andere, was sich in mir eingenistet hatte, war die dreistreifige Narbe an meiner Seite. Nicht die Narbe selbst, sondern ihre Eigenschaft. Als ich die verstanden hatte, wusste ich sie zu nutzen. Denn die Narbe fing immer dann an zu schmerzen, wenn etwas nicht stimmte, besser, wenn mir etwas schaden sollte. Ich konnte fühlen, wenn mich jemand anlog oder übers Ohr hauen wollte. Sobald mein Gegenüber mir etwas Schlechtes wollte, fing die Narbe an zu brennen. Alle sagten, ich hätte ein glückliches Händchen für gute Geschäfte. Aber was ich tatsächlich tat, war nur zu fühlen, ob meine Narbe brannte. Die Zeit verging und ich hatte alles schon fast verdrängt, da spürte mich das Wesen wieder auf. Es war zwischen den Feiertagen von Weihnachten auf Silvester. Ich war zu einem Geburtstag eingeladen. Der arme Kerl hat am 25. Dezember Geburtstag und feiert dann immer zwischen den Feiertagen. Ich hatte eine lange Anfahrt, war dann aber überraschend früh angekommen. Also half ich mit anderen meinem Freund bei der Vorbereitung der Party.

Es war schon dunkel, als es vor dem Haus laut rappelte. Wir hatten natürlich den Verdacht, dass eine Katze oder ein eingewanderter Waschbär getobt hatte. Mit einer Taschenlampe ging ich nach draußen. Da war nichts. Dachte ich. Mit der Taschenlampe leuchtete ich herum. Erst als die Lampe weg war, sah ich riesige, gelbe Augen in einem Busch. Mit weit geöffneten Pupillen. Schnell leuchtete ich wieder hin. In dem Moment waren die Augen weg. Nur Geäst war zu sehen. Ich dachte, ich hätte mich getäuscht, doch sobald der Lichtkegel wegwanderte, waren sie wieder da. Mehrfach leuchtete ich so über den Busch. War das Licht weg, waren die Augen da.

Mein Mund wurde auf einen Schlag trocken, mein Herz raste und ich zitterte mit den Händen. Ich wollte das nicht, aber es hörte nicht auf.

Wieder drinnen versuchte ich meine Angst zu beherrschen. Aufgewühlt kippte ich einen angebotenen Schnaps in mich hinein. Das hatte ja schon einmal geholfen. Er schmeckte nach Anis. Irgendwann lenkten mich die eintreffenden Gäste ab, und ich konnte die gelben Augen verdrängen. Am späten Abend lernte ich ein tolles Mädel kennen. Wegen meinen Ängsten und Marotten mit Talismanen, Silberketten hatte ich nicht wirklich Beziehungen. Dieses Mädel allerdings war irgendwie anders. Sie schien sich wirklich an mich ranmachen zu wollen. Wir unterhielten uns jedenfalls prächtig. Irgendwann interessierte sie auch der Anhänger an meiner Silberkette. Bereitwillig nahm ich die Kette ab, um ihr das kleine, silberne Pentagramm zu zeigen. In dem Moment, in dem sie die Kette mit Anhänger in der Hand hielt wurde ich von leicht angeheiterten Gästen mitgerissen, um dem Gastgeber ein Ständchen zu bringen. Energisch sträubte ich mich. Im Umdrehen sah ich sie gerade noch mit meiner Kette in der Hand aus der Tür verschwinden. Sie drehte sich noch kurz zu mir um. Ihre Augen blitzten groß und gelb auf. Dann war sie weg.

Keiner von den anderen Gästen konnte sich an sie erinnern. Als ob sie nie da gewesen war. Ich schwieg darüber. Ich wollte nicht schon wieder mit meinem Verfolgungswahn anfangen. Ich schlief auf der Couch ein und erst am nächsten Nachmittag fuhr ich zurück nach Hause. Die ganze Rückfahrt über hatte ich das beklemmende Gefühl, dass mich etwas verfolgt. Ich hielt sogar mal an einer Raststätte an und prüfte, ob nicht irgendetwas mit gelben Augen an meinem Wagen hing. Zuhause legte ich mich sofort in mein Bett. Dort fühlte ich mich sicher. Erleichtert schlief ich ein.

Am nächsten Tag, ich hatte bis in den Januar frei, schlief ich erst aus. Dann musste ich noch einkaufen gehen. Doch als ich zurückkam, packte mich das Entsetzen. In meinem Schlafzimmer war alles voller Salz. Aufgebracht hob ich die Matratze hoch. Mein Salzring, meine Stoffwurst voller Salz war zerrissen und der ganze Inhalt verteilt. Ich war hier nicht mehr sicher. Der Dämon war zurück. Und er hatte mich gefunden. Schlagartig wurde mir klar, dass mich die Silberkette mit dem Pentagramm die ganze Zeit geschützt haben musste. Und jetzt war ich schutzlos. Vermutlich auch wehrlos. Ich griff nach meiner speziellen Tasche, in die ich alles Wichtige für solch einen Notfall zusammengepackt hatte, und stürmte hinaus. Kopflos wusste ich nicht einmal, wohin ich gehen sollte. Dorthin wo viele Menschen waren? Oder doch lieber in die Einsamkeit? Auf der Geburtstagsfeier kam der Dämon ganz nahe an mich heran. Andere Menschen boten offensichtlich keinen Schutz. Wie auch? Also wählte ich etwas Abgelegenes. Dann würde ich das Wesen wenigstens kommen sehen. Die Hütte, die mir einfiel, war so abgelegen, dass ich sicher war, dass auch zu Silvester niemand hier auftauchen würde.

Der Schlüssel war vor der Hütte in einem zugewachsenen Blumenkübel versteckt. Die Fensterläden ließ ich verrammelt. Für Licht sorgte ich mit ein paar Kerzen. Das Feuerholz in der Hütte würde bis morgen reichen. Und durch den Kamin würde das Ding hoffentlich nicht kommen. Vor allem, wenn der Ofen an war. Ich wollte einfach nur die Nacht überstehen. Ich musste nachdenken. Ich musste mir dringend eine neue Silberkette besorgen. Nun öffnete ich meine spezielle Tasche. Darinnen hatte ich Kreide, ein paar zu Klumpen zusammengeschmolzene Silbermünzen, dazu eine Steinschleuder, einen angeblich indianischen Talisman und eine Flasche mit Weihwasser. Nicht besonders viel, um sich gegen so ein Wesen zu behaupten, aber besser als nichts. Mit der Kreide wollte ich wieder einen Kreis mit einem Pentagramm um mich ziehen. Und dann sah ich es. Es fehlte eine Diele auf dem Boden. Ich konnte den Kreis nicht schließen. Draußen rüttelte es an der Hütte. Das Herz rutschte mir in die Hose. Jetzt war alles aus.

Vorhin konnte ich es noch abwehren. Die Klappläden waren von innen verschraubt. Aber einer hatte zu viel Spiel. Der Dämon konnte mit einer Krallenhand durch den Spalt greifen. Er kratzte und schabte wild herum. Ich hatte Angst, er könnte den Fensterladen einfach herausreißen, sobald er ihn gut genug packen könnte. Ich schlug wie wahnsinnig darauf ein, doch es schien dem Wesen nichts auszumachen. Dann spritzte ich von dem Weihwasser auf die

Krallen. Da passierte gar nichts! Die Klaue wurde einfach nur nass. Der angeblich echte Indianertalisman verhakte sich in den Krallen. Der Dämon zog seine Klaue samt Talisman nach draußen. Weg war er.

Den Fensterladen konnte ich einfach nicht schließen. Noch bevor ich ihn zuziehen und ganz festschrauben konnte, hatte der Dämon bereits die andere Klaue im Spalt. In Panik griff ich jetzt nach der Steinschleuder und einem der Silberbrocken. Ich zielte kurz und schoss. Das Silber prallte am Holz zurück. Ich habe es wieder eingesammelt. Das Wesen da draußen schrie vor Schmerz auf. Ganz laut fluchte es.

„Dafür reiße ich dir die Arme raus!"

Jetzt konnte ich den Fensterladen wieder verrammeln. Auf der Innenseite, auf dem Boden vor dem Fenster, lag ein Stück von der Kralle. Deswegen hatte das Ding da draußen so geflucht. An der Wundseite sah sie verbrannt aus. War das das Silber? Ich habe die Kralle nicht angerührt. Mit der Kreide habe ich überall an die Wände und an die Tür Pentagramme gemalt. Bis die Kreide aufgebraucht war. Vielleicht hilft es irgendwas.

Das war vorhin. Ich habe keine Vorräte. Nur eine halbe Flasche von dem tollen Weihwasser. Mein Handy hat keinen Empfang und der Akku ist gleich alle. Wie lange kann ich mich hier verschanzen? Einen Tag? Zwei Tage? Heute Nacht wird es kommen. Es wird kommen, um seine Beute einzufordern.

Die Beute bin ich. Die Beute ist meine Seele. Ich bin ihm in die Falle gegangen. Lange bin ich ihm entkommen. Fast konnte ich mich befreien. Aber nur fast.

Heute Abend wird es kommen. Aber kampflos ergebe ich mich nicht. Ich habe noch die Schleuder und das Silber.

Besuche unsere Website!

www.wwv-web.net

In Vorbereitung:

Neue unheimliche Geschichten für die Kohte und das Lagerfeuer! Alle zum Vorlesen, Selbstlesen und Nacherzählen.

Kennst Du schon ...
ᵭᴇʀ Lᴇɪᴇʀᴍᴀɴɴ

Das ist die Jahresschrift des Weinbacher Wandervogels. ᵭᴇʀ Lᴇɪᴇʀᴍᴀɴɴ berichtet jeweils einmal am Ende des Jahres aus dem Bundesgeschehen. Jungs und Ältere schreiben darin über Fahrten, Erlebnisse, aber auch über das, was sie selbst und uns bewegt. Auch mit selbstgeschriebenen Gedichten, Liedern, und Zeichnungen.

Gegen einen kleinen Obolus senden wir gerne ein Exemplar zu, solange die Bestände reichen. Erhältlich bei:

Weinbacher Wandervogel
Klein-Weinbach 11
35796 Weinbach

www.weinbacher-wandervogel.net
bund@weinbacher-wandervogel.net

IBAN:DE57 5019 0000 0000 7842 22 • BIC:FFVBDEFF Frankfurter Volksbank

Fahrten, Ferne, Natur,
Abenteuer deines Lebens

Weinbacher Wandervogel
www.wwv-web.net

Inhaltsverzeichnis